Nach den seit 1.8.2006 verbindlichen Rechtschreibregeln.

Bibliografische Information der Deutschen Nationalbibliothek
Die Deutsche Nationalbibliothek verzeichnet diese Publikation
in der Deutschen Nationalbibliografie;
detaillierte bibliografische Daten sind im Internet
über http://dnb.ddb.de abrufbar.

Das Wort **Duden** ist für den Verlag
Bibliographisches Institut & F. A. Brockhaus AG
als Marke geschützt.

Redaktionelle Leitung: Eva Günkinger
Lektorat: Sophia Marzolff
Fachberatung: Ulrike Holzwarth-Raether
Herstellung: Claudia Rönsch
Layout und Satz: Michelle Vollmer, Mainz
Umschlaggestaltung: Mischa Acker
Printed in Malaysia
ISBN: 978-3-411-70807-9

Ein blinder Passagier

Luise Holthausen
mit Bildern von Dirk Hennig

Dudenverlag
Mannheim · Leipzig · Wien · Zürich

Luisas Familie packt für den Urlaub.

Sie wollen an die Nordsee fahren.

Im Flur stapeln sich Koffer, Taschen,

Kisten und tausend andere Sachen.

Aber sie sind ja auch viele:

Papa und Mama,

Luisas großer Bruder Daniel,

ihr kleiner Bruder Tizian,

Luisa selbst – und natürlich

ihre Hasendame, Frau Langohr.

Sonst schimpft Papa immer, wenn sie
so viel Kram mitnehmen wollen.
„Wir fahren doch keinen Lastwagen",
sagt er dann.
Heute schimpft Papa nicht.
Im Gegenteil. „Wir haben ja
das neue Auto", sagt er stolz.
„Da geht alles rein."

4

Und so wächst der Haufen im Flur an.

Längst ist er größer als Tizian.

Aber Papa schimpft immer noch nicht.

Stück für Stück

verstaut er alles im Auto.

Nur als Daniel auch noch

mit seinem Einrad ankommt

und Luisa mit ihrem Hasenkäfig,

da schüttelt er den Kopf.

„Nun reicht es aber", sagt er,

„wir ziehen doch nicht um.

Wir verreisen nur."

Daniel mault:

„Ich will im Urlaub

mit meinem Einrad fahren!"

„Wir haben doch

die Fahrräder dabei", sagt Papa,

„da brauchst du kein Einrad."

1. Fall: Was heißt
„maulen"?

  schimpfen

„Aber ich brauche Frau Langohr",
sagt Luisa. „Außerdem will
Frau Langohr auch Urlaub machen."
„Deine Hasendame macht Urlaub
bei Frau Rösler", bestimmt Papa.
Frau Rösler wohnt nebenan.
Sie holt die Post aus dem Briefkasten
und gießt die Blumen,
während Luisas Familie unterwegs ist.
Bestimmt sorgt sie auch gut
für Frau Langohr.

 sich
ärgern

 nörgeln

Aber Urlaub ohne Frau Langohr?
Bei diesem Gedanken spürt Luisa
gleich Tränen in ihren Augen.
Nein, ohne ihre Hasendame
mag sie nicht wegfahren!

Luisa schleicht sich hinaus
und schaut ins Auto.
Tatsächlich ist das ganze Gepäck
darin verschwunden.
Und dort, zwischen zwei Taschen,
ist sogar noch Platz.
Gerade genug für einen Hasenkäfig!

Schnell läuft Luisa in ihr Zimmer
und holt den Käfig.
Im Flur stößt sie mit Mama zusammen.
„Bringst du deinen Hasen
jetzt zu Frau Rösler?", fragt Mama.
Luisa nickt. Sie wird auch nur
ein bisschen rot dabei.
Ein ganz winzig kleines bisschen.
Das merkt Mama gar nicht.

**2. Fall: Wo soll
Frau Langohr
Urlaub machen?**

bei Luisas
Freundin

Der Käfig passt wirklich locker
zwischen die Taschen. Na bitte!
„Gute Reise, Frau Langohr",
flüstert Luisa. Über den Käfig
legt sie noch ihre Jacke.
Jetzt ist Frau Langohr gut versteckt.

 bei einer
Nach-
barin

 bei einem
Nach-
barn

„Seid ihr alle fertig?", ruft Mama.

Sie darf als Erste fahren.

Stolz setzt sie sich hinters Steuer.

Papa streckt neben ihr die Beine aus

und sagt: „Herrlich.

Jetzt fangen die Ferien an!"

Tizian hopst in seinen Kindersitz

und quietscht: „Juhu!"

Sogar Daniel hat nichts zu maulen.

„Los gehts", sagt er

und hilft Tizian beim Anschnallen.

12

Nur Luisa ist vor Schreck verstummt.
Denn im hinteren Teil des Wagens
knuspert und raschelt es. Oje!
Frau Langohr ist zwar nicht zu sehen,
aber umso besser zu hören!
Was soll Luisa jetzt tun?
Wenn Papa und Mama merken,
dass Frau Langohr im Auto sitzt,
muss sie bestimmt sofort
wieder aussteigen!

Zum Glück sind alle noch
mit dem neuen Auto beschäftigt.
Keiner hat etwas mitbekommen.
Und gleich startet Mama den Motor,
dann wird es sowieso laut.
Mama dreht den Zündschlüssel.
Der Motor springt an. Aber nanu?
Der Motor vom neuen Auto ist
gar nicht laut. Der ist viel leiser
als beim alten Auto!

**3. Fall: Luisa hört
die Hasendame** knuspern und
rascheln.

Da bleibt nur eins:

Luisa muss selber laut sein.

„Papa, Mama", quengelt sie los,

„ich hab Hunger!"

„Ich auch! Ich auch!",

fällt Tizian sofort mit ein.

 rascheln und
knabbern.

 knabbern und
knuspern.

„Jetzt schon?", wundert sich Mama.

„Wir sind doch gerade erst

losgefahren."

„Aber ich will was naschen!",

ruft Luisa.

„Quengelliese", knurrt Daniel.

Papa packt eine Tüte

Gummibärchen aus.

„Teilt sie euch", sagt er.

Die Gummibärchentüte
knistert ganz wunderbar.
Viele Kilometer lang.
Dann ist sie leider leer.
Die Kinder haben
alle Gummibärchen aufgegessen.
Und als Luisa immer weiterknistert,
reißt Daniel ihr die Tüte aus der Hand.

„Luisa, du nervst!", beschwert er sich.

„Gar nicht!", ruft Luisa. „Gib mir
die Tüte zurück!"

Sie boxt Daniel in die Seite.

Daniel haut zurück.

„Huhuhu!" Luisa tut so,
als würde sie losheulen.

„Ruhe dahinten!", schimpft Mama.
„Worüber man sich so alles
streiten kann ..." Papa schüttelt
den Kopf. „Gib mir die Tüte, Daniel."
Danach herrscht Frieden.
Aber zu leise darf der Frieden
nicht werden. Sonst ist es vorbei
mit Frau Langohrs Urlaubsreise.

Deshalb sagt Luisa zu Tizian:
„Sing doch mal das Lied,
das du im Kindergarten gelernt hast."
„Bloß nicht!", mault Daniel.
Aber Tizian legt sofort los:
„Hänschen klein, ging allein
in die weite Welt hinein ..."

Laut singt er. Sehr laut.
Und ziemlich falsch.
Daniel hält sich die Ohren zu.
Irgendwann hat Tizian aber
keine Lust mehr zu singen.
Da muss sich Luisa
etwas Neues einfallen lassen.
Denn Frau Langohr ist immer noch
ziemlich munter in ihrem Käfig.

„Papa, wie findest du
das neue Auto?", fragt Luisa.
Papa fängt sofort an zu schwärmen.
Wie schön und bequem das Auto ist.
Wie viel Platz es hat.
Wie leise es ist.
Ja, dass es leise ist, das hat Luisa
leider auch gemerkt.

**4. Fall: Als Tizian
aufhört zu singen,** knistert sie
mit der Gummi-
bärchen-
tüte.

Aber dann muss Papa
auf die Straßenkarte gucken
und er hört auf zu reden.
Luisa plappert alleine weiter.
„Luisa, nun gib doch endlich mal
Ruhe", stöhnt Mama.
Ach, Luisa würde ja gerne Ruhe geben!
So gerne! Sie ist selbst schon
ganz müde vom vielen Lärmen.
Aber was, wenn Frau Langohr
hinten in ihrem Käfig keine Ruhe gibt?

 fragt sie Papa
nach dem
neuen
Auto.

 singt Luisa
laut
weiter.

Doch dann hat Luisa eine Idee.
Eine großartige Idee, wie sie
still sein und trotzdem
Frau Langohr übertönen kann.
„Ich möchte so gern die CD
mit den Kinderliedern hören",
sagt sie.

„Kinderlieder hören! Kinderlieder
hören!", stimmt Tizian begeistert zu.
„Aber nur, wenn du dann endlich
den Mund hältst", knurrt Daniel.
Luisa verspricht hoch und heilig,
mucksmäuschenstill zu sein.

Inzwischen sind sie auf der Autobahn.
Papa legt die CD ein.
Das erste Lied ertönt.
Sonst ist es still.
Daniel schaut aus dem Fenster
und zählt leise die Lastwagen,
an denen sie vorüberfahren.
Tizian schiebt den Daumen
in den Mund.
Luisa lehnt sich zurück und schließt
die Augen. Sie ist völlig erschöpft.
Endlich kann sie auch ausruhen!

Das erste Lied ist zu Ende.

Bevor das nächste Lied ertönt,

ist einen Moment lang Pause.

Stille. Völlige Stille.

Und in diese kurze Stille hinein

niest Frau Langohr.

„Was war das?", fragt Papa scharf

und dreht die Musik aus.

Frau Langohr raschelt.

„Jetzt ist alles vorbei", denkt Luisa.
Die Tränen schießen ihr in die Augen.
Ihre ganze Mühe war umsonst.
Jetzt werden sie umkehren
und die arme Frau Langohr
nach Hause zurückbringen.
Warum ist sie nur auf diese dumme Idee
mit den Kinderliedern gekommen!

**5. Fall: Frau Langohr
wird entdeckt, weil**

sie zwischen
zwei Liedern
niest.

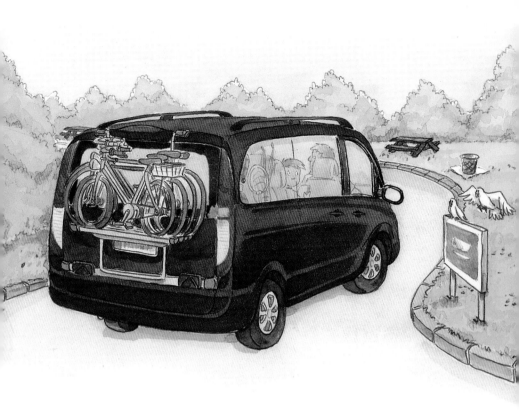

Schon setzt Mama den Blinker
und fährt langsamer. Gleich wird sie
von der Autobahn herunterfahren.
Doch was ist das?
Das ist keine Ausfahrt.
Es ist ein Rastplatz.

 sie die Lieder
übertönt.

 die CD zu
Ende ist
und Stille
herrscht.

Mama lässt den Wagen
auf den Rastplatz rollen,
dann hält sie an.
„Mittagspause!", ruft sie.
„Die haben wir uns
nach der langen Fahrt alle verdient.
Und unser blinder Passagier
bekommt Löwenzahn."

30

Luisa schaut Papa ängstlich an.

Was der nun für ein Gesicht macht?

Doch Papa lacht nur.

„Jetzt sind wir schon

so weit gefahren", sagt er,

„da möchte ich wirklich nicht mehr

umkehren. Und deine Hasendame

will bestimmt auch mal

die Nordsee kennenlernen, oder?",

meint er und zwinkert Luisa zu.

Was sagst du dazu?

Wie vertreibst du dir die Zeit auf einer Autofahrt in die Ferien?

Schreibe deine Antwort auf und schicke sie uns!
Als Dankeschön verlosen wir unter den
Einsendern zweimal jährlich tolle Buchpreise
aus unserem aktuellen Programm!
Eine Auswahl der Einsendungen veröffentlichen wir
außerdem unter www.lesedetektive.de.

Bibliographisches Institut &
F.A. Brockhaus AG
Duden – Kinder- und
Jugendbuchredaktion
Kennwort: **Frau Langohr**
Postfach 10 03 11
68003 Mannheim
E-Mail: lesedetektive@duden.de

Die Duden-Lesedetektive: Leseförderung mit System

1. Klasse · 32 Seiten, gebunden

- Finn und Lili auf dem Bauernhof · ISBN 978-3-411-70782-9
- Nuri und die Ziegenfüße · ISBN 978-3-411-70785-0
- Eine unheimliche Nacht · ISBN 978-3-411-70788-1
- Franzi und das falsche Pferd · ISBN 978-3-411-70790-4
- Ein ganz besonderer Ferientag · ISBN 978-3-411-70795-9
- Das gefundene Geld · ISBN 978-3-411-70799-7
- Amelie lernt hexen · ISBN 978-3-411-70804-8

2. Klasse · 32 Seiten, gebunden

- Die Prinzessin im Supermarkt · ISBN 978-3-411-70786-7
- Auf der Suche nach dem verschwundenen Hund · ISBN 978-3-411-70783-6
- Emil und der neue Tacho · ISBN 978-3-411-70789-8
- Sarah und der Findekompass · ISBN 978-3-411-70792-8
- Ein bester Freund mal zwei · ISBN 978-3-411-70796-6
- Eine Sommernacht im Zelt · ISBN 978-3-411-70800-0
- Das Gespenst aus der Kiste · ISBN 978-3-411-70805-5
- Ein blinder Passagier · ISBN 978-3-411-70807-9

3. Klasse · 48 Seiten, gebunden

- Anne und der geheimnisvolle Schlüssel · ISBN 978-3-411-70787-4
- Eins zu null für Leon · ISBN 978-3-411-70784-3
- Viktor und die Fußball-Dinos · ISBN 978-3-411-70793-5
- Nelly, die Piratentochter · ISBN 978-3-411-70797-3
- Herr von Blech zieht ein · ISBN 978-3-411-70802-4
- Prinz Winz aus dem All · ISBN 978-3-411-70806-2

4. Klasse · 48 Seiten, gebunden

- Der Geist aus dem Würstchenglas · ISBN 978-3-411-70794-2
- Der schlechteste Ritter der Welt · ISBN 978-3-411-70798-0
- Kira und die Hexenschuhe · ISBN 978-3-411-70803-1
- Die Inselschüler – Gefahr im Watt · ISBN 978-3-411-70808-6

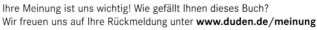

Ihre Meinung ist uns wichtig! Wie gefällt Ihnen dieses Buch?
Wir freuen uns auf Ihre Rückmeldung unter **www.duden.de/meinung**

Gefunden!
Knote den Streifen einfach
an das Lesebändchen an
und fertig ist deine Fingerabdruckkartei
für die Detektivfälle!
Für jeden Fall im Buch gibt es einen
Fingerabdruck in deiner Kartei. Diesen
Abdruck findest du bei der richtigen
Antwort im Buch wieder.